CODE LYOKO™

ULTIMATUM

Série créée par Tania Palumbo, Thomas Romain & Carlo de Boutiny.
Synopsis : Sophie Decroisette. D'après un scénario original, pour cet épisode, de Fred Lenoir et Alain Serluppus.

Novélisation : Fabrice Colin.
Conception graphique du roman : François Hacker.

Hachette Livre, 43, quai de Grenelle, 75015 Paris.

CODE LYOKO™

ULTIMATUM

HACHETTE

L'univers de CODE LYOKO

Infecté par le virus X.A.N.A., le super ordinateur qui contrôle le monde digital (Lyoko) cherche aujourd'hui à détruire la Terre. Aelita, la seule humanoïde virtuelle qui vit sur Lyoko, lui résiste.

Lyoko est un monde virtuel créé par Franz Hopper, génie informatique et ancien enseignant au collège Kadic. Lyoko est composé de quatre territoires : la Banquise, la Forêt, le Désert et la Montagne. Chaque territoire possède des tours, des bases de données que X.A.N.A. active pour lancer des virus sur Terre.

Un groupe de collégiens connaît l'existence de Lyoko et la menace de X.A.N.A. qui plane sur la Terre : Yumi, Odd, Ulrich et Jeremy.

Ils partagent en secret une double vie : collégiens comme les autres pendant les heures de cours, ils passent le reste de leur temps à sauver le monde. Ils se virtualisent depuis leur laboratoire secret, dans le monde d'Aelita, leur meilleure amie, afin de déjouer les plans de X.A.N.A.

COLLÈGE KADIC

USINE

PONT

YUMI ISHIYAMA

Âge : 14 ans.

Scolarité : En 3e au collège Kadic, bonne élève, appréciée des professeurs, externe.

Famille : Parents japonais.

Ce qu'elle aime : La couleur noire, la culture japonaise, les matières littéraires, la loyauté, la réflexion, l'humour et l'ironie.

Ce qu'elle déteste : L'injustice et la superficialité.

Personnage virtuel : Princesse japonaise.

L'Overwing est le véhicule de Yumi, croisement entre un scooter et un aéroglisseur. Très maniable, il facilite ses déplacements dans Lyoko.

Zen, mûre pour son âge, Yumi impose le respect et prend souvent les décisions importantes.

ULRICH STERN

Âge : 13 ans.

Scolarité : En 4e au collège Kadic, élève moyen, interne, partage sa chambre avec Odd.

Famille : Fils unique de parents assez riches qu'il voit très peu.

Ce qu'il aime : Les sports de combat, notamment le penchak silat, le foot, faire enrager le surveillant de l'internat, jouer au bel indifférent.

Ce qu'il déteste : La discipline et les confidences.

Personnage virtuel : Un samouraï.

Ulrich utilise **l'Overbike**, une moto ultra-compacte et très puissante qui possède une capacité d'accélération hors du commun.

Mystérieux, rebelle et plein de sang-froid, dans l'action, Ulrich est un véritable virtuose.

ODD DELLA ROBIA

Âge : 13 ans.

Scolarité : En 4e au collège Kadic, élève moyen (avec l'aide de Jeremy), interne, partage sa chambre avec Ulrich.

Famille : Des parents artistes qui lui ont transmis le goût de la liberté et un esprit curieux.

Ce qu'il aime : Le jeu, les arts, la fantaisie, l'humour, son chien Kiwi.

Ce qu'il déteste : Le sérieux, la logique et la modération.

Personnage virtuel : Homme-chat.

L'Overboard de Odd est un surf volant souple et léger nécessitant une grande habileté, il lui permet de réaliser d'étonnantes cascades.

Indifférent au danger, réagissant à l'instinct, Odd est le casse-cou et l'amuseur de la bande.

JEREMY BELPOIS

Âge : 12 ans.

Scolarité : En 4e au collège Kadic, élève surdoué, interne.

Famille : Fils unique, parents de milieu modeste, très fiers de leur prodige.

Ce qu'il aime : L'informatique, les robots, les machines, les inventions, les équations, la réalité virtuelle.

Ce qu'il déteste : Les menus problèmes du quotidien.

Personnage virtuel : Aucun.

Jeremy est le petit génie de la bande et supervise tel un chef d'orchestre les voyages virtuels de ses amis.

AELITA

Arme : Ne se bat pas.

Pouvoir : Synthétisation d'objets naturels éphémères.

Signe particulier : Elle connaît parfaitement Lyoko.

Créature virtuelle humanoïde dotée d'un tempérament à la fois confiant et paisible, Aelita est l'unique habitante et la gardienne de Lyoko. Son existence est totalement liée à celle de X.A.N.A.

Sissi, alias Elisabeth Delmas

Interne de 4e,
fille du proviseur.

Hervé Pichon,
Nicolas Poliakoff

Internes de 4e,
chevaliers servants de Sissi.

Milly Solovieff,
Tamiya Diop

Internes de 6e, journalistes
du collège Kadic.

Jean-Pierre Delmas

Proviseur du collège Kadic.

Suzanne Hertz

Professeur de science et vie
de la Terre et de technologie.

Jim Moralès

Professeur d'éducation physique et
surveillant général de l'internat.

LEXIQUE

antivirus : programme chargé de détecter la présence de virus dans un système électronique et de les supprimer.

carte d'identité digitale : l'une des interfaces du programme Lyoko regroupant des caractéristiques des personnages virtuels comme le nom, le nombre de points de vie, l'arme et les pouvoirs...

collège Kadic : pensionnat où Yumi, Odd, Ulrich et Jeremy sont élèves. Deux passages secrets relient le collège à l'usine désaffectée où se trouve le supercalculateur*.

désactiver : neutraliser un virus, par exemple celui qui infecte une tour de Lyoko.
Synonyme : dévirusser.

dévirtualisation : fin de la vie virtuelle et renvoi dans le monde réel.

hologramme de Lyoko : image du monde virtuel en relief.

holomap : plan virtuel holographique en 3D du monde Lyoko, qui se décompose en quatre territoires : la Banquise, la Forêt, le Désert et la Montagne.

humanoïde : ce terme désigne un être d'apparence humaine. Aelita est une humanoïde : elle ressemble à une jeune fille humaine mais elle est en fait une créature virtuelle.

matérialisation : action de rendre matériel ou réel ce qui est immatériel ou virtuel. La matérialisation d'Aelita en jeune fille humaine lui permettrait de vivre dans le monde réel.

monstre : créature digitale armée au service de X.A.N.A.

plonger : voyager virtuellement sur Lyoko.

scannérisation : copie électronique en 3D des collégiens par les scanners du super ordinateur en vue d'obtenir leurs clones digitaux.
Synonymes : numérisation, digitalisation.

super ordinateur : ordinateur ultra-puissant découvert par Yumi, Odd, Ulrich et Jeremy dans une usine désaffectée proche du collège Kadic*, notamment doté d'écrans multiples et de scanners 3D. Il occupe, avec ses périphériques, trois salles superposées : le laboratoire, la salle des scanners, la salle du supercalculateur*. Des câbles numériques le relient au monde virtuel et parallèle Lyoko, dont il dirige l'existence digitale. Pour une raison inconnue des collégiens, il est infecté par un virus dénommé X.A.N.A.
Synonyme : supercalculateur

LEXIQUE SUITE

synthétisation : action de créer par effort mental quelque chose de matériel. Grâce à ce pouvoir, Aelita peut créer des objets naturels et éphémères sur Lyoko, comme des ponts, des rochers, des troncs d'arbres ou des murs de glace.

tour : banque de données de Lyoko reliée aux réseaux informatique et électrique terrestres, activée lorsqu'elle est infectée par un virus envoyé par X.A.N.A.

transfert : déplacement de quelqu'un ou quelque chose du monde réel au monde virtuel.

X.A.N.A. : C'est le virus infectant le super ordinateur qui régente le monde virtuel. Son but : détruire la Terre et prendre le contrôle de Lyoko. Pour cela il lance des attaques dans le monde réel et peut prendre le contrôle d'objets électroniques, d'animaux ou d'êtres humains.

Les mots avec un astérisque*
sont définis dans le lexique.

1

BOMBE MODE D'EMPLOI

Une fois de plus, nos héros sont rassemblés dans l'usine – le quartier général où ils ont l'habitude d'organiser leurs petites réunions. Et c'est Yumi qui a la parole :

— Attends, tu es en train de nous dire que ton bidule, là, peut détruire quelqu'un qui est contrôlé par X.A.N.A.* ?

Assise par terre, adossée à un pilier métallique, la jeune fille semble perplexe. Debout, Aelita, Odd et Ulrich partagent son étonnement. Mais Jeremy ne se démonte pas. Levant un index, il s'exclame :

— Le bidule, comme tu dis, c'est une bombe EMP ! Son explosion provoque une impulsion électromagnétique qui affecte tout ce qui est électronique. Donc, étant donné que le corps pixélisé d'un individu contrôlé par X.A.N.A.* se maintient grâce à un champ de…

Odd lève la main.

— Heu… Temps mort, Jeremy, on a un cours dans vingt minutes ! Tu peux nous faire la version courte ?

Jeremy soupire… et reprend :

— Bombe explose. Individu contrôlé par X.A.N.A.* anéanti.

Aelita sourit, admirative.

— Génial !

— Oui, répond Jeremy en hochant la tête, seulement il y a un petit pro-

blème… On n'a pas encore le modèle de poche.

Aux pieds du petit génie s'étale la bombe, de la taille d'une chaîne hi-fi : deux batteries de voiture et un détonateur.

Quelques dizaines de minutes plus tard, les élèves se rassemblent dans la cour pour attendre l'entrée des classes. Assis sur les marches d'un escalier, près du distributeur de boissons, Jeremy,

Ulrich et Aelita sont en grande discussion. Jeremy a ouvert son ordinateur portable sur ses genoux.

Bientôt, Sissi, flanquée de Nicolas et Hervé, ses deux éternels comparses, arrive et se plante devant eux, un large sourire aux lèvres :

— Salut, Ulrich !... Et ben alors, t'es tout seul ? Yumi n'est pas avec toi ? Elle prend un air faussement naïf : ah mais non bien sûr, je viens de la voir avec William ! Ce que je peux être bête, parfois !

Ulrich ne peut s'empêcher de ricaner:

— Le parfois est de trop !

Sissi le fusille du regard. On sent qu'elle aimerait trouver une bonne réplique. Mais comme l'inspiration ne vient pas, elle fait volte-face, suivie d'Hervé et Nicolas. Ulrich, Jeremy et Aelita la suivent des yeux. Jeremy se tourne vers Ulrich :

— Toujours aussi vache avec Sissi !

Ulrich soupire.

— Je n'y suis pour rien : c'est elle qui déteint sur moi !

Haussant les épaules, Jeremy se remet à pianoter sur son ordinateur portable. Décidément, rien à tirer de ces deux-là ! Soudain, un « bip » d'alerte retentit. Le jeune prodige fixe l'écran de son ordinateur et fronce les sourcils :

— Une tour* activée ! X.A.N.A.* remet ça !

Vivement, il referme son ordinateur. Pas la peine de faire un dessin aux deux autres : tant pis pour le cours de musique, il faut filer à l'usine !

Les trois amis se mettent donc en route. Mais à peine ont-ils fait quelques pas qu'ils se retrouvent nez à nez avec Jim, le surveillant. Poings sur les hanches, ce dernier ne semble pas décidé à les laisser passer.

— Et alors, où est-ce que vous allez, comme ça ? Il désigne du doigt les salles de cours : c'est là-bas que ça se passe, mes petits amis !

Jeremy soupire… Inutile de discuter. Il faut faire demi-tour pour rejoindre les arcades. Ulrich et Aelita suivent le mouvement à contrecœur. Immobile, Jim ne les quitte pas des yeux. Il en est sûr : ces trois-là mijotent encore un coup tordu.

2

PROVISEUR SOUS CONTRÔLE

De leur côté, Yumi, Odd et William traînent les pieds. Odd pousse un soupir à fendre les murs. C'est l'heure du cours de musique. William, lui, est encore plus à plaindre : il a chimie ! Soudain, la silhouette d'un homme apparaît au fond du couloir. La voilà qui s'avance vers eux, pas rapide et visage sombre. Odd est le premier à donner l'alerte.

— Oh, oh ! Proviseur en vue !

William et Yumi se retournent à leur tour. M. Delmas se tient maintenant devant eux. Il fixe William d'un regard menaçant. Celui-ci bredouille une excuse qui sent le réchauffé :

— Euh, bonjour, m'sieur Delmas. On allait justement rejoindre nos classes… dit-il avec un pâle sourire.

Mais le proviseur ne paraît pas l'écouter. D'un geste brusque, il saisit Odd et Yumi par le bras.

— Hé ! Vous me faites mal ! s'exclame Yumi.

Delmas ne prête aucune attention à ses protestations : la jeune fille et son ami sont rapidement entraînés. Sidéré, William ne peut s'empêcher d'intervenir.

— Mais monsieur ?! On ne peut pas traiter les élèves comme ça !

Le proviseur s'éloigne sans se retourner, tirant ses deux prisonniers vers le parc. William n'a d'autre choix que de leur courir après. Bientôt, il attrape Delmas par l'épaule pour le forcer à l'arrêter :

— Qu'est-ce qui vous prend ?

Menaçant, Delmas se retourne d'un bloc et le fusille du regard. Dans ses yeux, une lueur étrange s'est allumée. Brusquement, il décoche un violent coup de pied à William ! Sous le choc, le jeune garçon recule de plusieurs mètres et perd l'équilibre. Imperturbable, le proviseur reprend son chemin tandis que Yumi et Odd se débattent et protestent, mais rien à faire : les mains de leur ravisseur sont devenues de véritables étaux.

Sortant du collège par la porte principale, le proviseur entraîne Odd et Yumi à sa suite et s'approche d'une voiture garée sur le parking. Effarés, ses deux captifs balaient les lieux du regard à la recherche d'un secours. Voyant qu'il n'y a personne, ils se mettent à crier. Hélas, la rue reste déserte. Le drame se déroule sans témoin.

Comme absent à lui-même, Delmas fixe la voiture avec intensité. Brusquement, les quatre portières du véhicule s'ouvrent d'elles-mêmes ! Décidément, il y a quelque chose de très bizarre avec le proviseur aujourd'hui !

Sans ménagement, l'homme pousse Yumi et Odd à l'intérieur. Les deux amis arrivent en roulé-boulé sur la banquette arrière.

— Mais monsieur, arrêtez !

Aussitôt, les portes arrière se referment. Sans se presser, le proviseur se met au volant. Sa portière claque. Il ne l'a même pas effleurée.

Les yeux rivés au tableau de bord, il plisse à présent le front. D'un coup, le moteur fait entendre un puissant rugissement. Et le véhicule démarre tout seul.

Boitillant, William arrive en agitant les mains.

— Eh, non, attendez ! Yumi…

Trop tard ! Impuissant, le jeune garçon regarde la voiture s'éloigner en trombe. Derrière la vitre du pare-brise arrière, il a le temps d'apercevoir le visage de Yumi. Celle-ci lui adresse une mimique affolée. « William ! »

3

ALERTE GÉNÉRALE

Assis sur le rebord du lavabo des toilettes, Nicolas joue seul avec sa GameBoy. Et il est en train de perdre. Furieux, il lâche une série de jurons. Et s'apprête à recommencer une partie lorsque des cris lui parviennent. William ? Le garçon relève la tête. Dehors l'élève paraît sincèrement affolé. Il vocifère :

— Hé, il faut m'aider, ça craint, le proviseur est devenu dingue ! Il a enlevé Odd et Yumi, sous mes yeux – sous mes yeux, je vous dis !

Intrigué, Nicolas sort des toilettes. Et ouvre de grands yeux.

À quelques portes de là, M. Mirti, le professeur de musique, s'efforce de jouer de la flûte devant des élèves terrassés par l'ennui. Tout à coup, la porte de la classe s'ouvre en grand. Nicolas se tient dans l'encadrement, haletant.

— Le proviseur est devenu dingue ! Il a kidnappé Odd et Yumi !

M. Mirti manque d'en avaler sa flûte. Un murmure incrédule parcourt la classe.

Installé dans le fond, Jeremy se penche vers Aelita et murmure entre ses dents. Pour les deux amis, aucun doute : X.A.N.A.* a encore frappé !

M. Mirti, qui n'a jamais entendu parler de X.A.N.A.* et vit dans un monde parfaitement rationnel, s'avance vers Nicolas.

— Qu'est-ce que c'est que cette his-

toire de kidnapping ? Encore une blague idiote pour épater la galerie ?

Mais Nicolas n'en démord pas.

— Je vous jure, monsieur, il a même frappé William Dunbar !

Dans un coin de la salle, Sissi se met à pâlir. Qu'est-ce qui est arrivé à son père ? Légèrement affolé, M. Mirti sort de la classe. Sur le seuil, il se retourne. Est-ce vraiment une bonne idée de laisser ainsi les élèves livrés à eux-mêmes ?

— Les enfants, ne bougez pas ! Je vais voir ce qui se passe !

Un vent d'excitation souffle sur la classe. Incapables de tenir en place, les élèves commencent à discuter bruyamment. Les rumeurs fusent :

— Ho là là... tu te rends compte ? Delmas a frappé un élève !

— Hé, vous croyez qu'on va pouvoir rentrer chez nous ?

— Franchement, moi, ça ne m'étonne pas !

— Il est peut-être armé ?!

— À mon avis, on ne va pas avoir cours cet aprèm ! Trop cool !

— Euh, les gars, c'était quoi après le do dièse ?

Aelita se tourne vers Jeremy. Ce dernier lui rend son regard. Juste derrière eux, Ulrich compose un numéro sur son téléphone portable. Pas de réponse. Il jure à voix basse, pianote de nouveau. Toujours rien. De guerre lasse, il finit par raccrocher. Ses deux amis sont suspendus à ses lèvres.

— Alors ?

La mine défaite d'Ulrich parle pour lui.

— Non, Yumi ne répond pas… et Odd non plus.

Jeremy est sur le point de répondre quelque chose lorsque son propre téléphone émet un léger couinement. Livide, le jeune garçon consulte son écran. Il écarquille les yeux, puis relève

la tête. Aelita et Ulrich attendent, cœur battant.

— Vous n'allez pas le croire… J'ai un message de X.A.N.A.* !

Les deux autres sont abasourdis. Depuis quand X.A.N.A.* envoie-t-il des SMS perso ? Chuchotant, Jeremy déchiffre le message. Ulrich et Aelita se serrent autour de lui.

— « Vous conduirez Aelita sur le Territoire Banquise à quatorze heures précises et vous la livrerez à la Méduse. Obéissez, sans quoi vos amis Odd et Yumi seront exécutés. »

Les deux garçons regardent Aelita. Elle a l'air bouleversé. Ulrich serre les poings. Il pense la même chose que les deux autres.

— Pas de temps à perdre. On y va !

Profitant de la cohue qui règne dans la classe, les trois amis se dirigent vers la porte. Hélas ! Au même moment, M. Mirti surgit dans l'encadrement et leur barre la route. Il n'a pas l'air ravi de la tournure que prennent les choses.

— Bon, je veux que ce vacarme cesse immédiatement, vous m'entendez ! Regagnez tous vos places !

Ulrich lève les yeux avec une moue désabusée.

— Oh, super. On va drôlement faire avancer les choses en restant là sans rien faire.

Pourtant, comme les autres, il est contraint d'obéir.

— Et maintenant, dit le professeur en claquant la porte, retour au calme, suis-je bien clair ?

4

ÇA VA CHAUFFER !

La voiture de Delmas est garée sur un parking devant la porte d'entrée d'un bâtiment délabré. Les portières de la voiture, elles, sont grandes ouvertes. Où sont passés ses occupants ?

Pas très loin, en fait.

À l'intérieur, dans une grande chambre froide, Odd et Yumi sont retenus prisonniers. Pour l'heure, ils sont allongés par terre, sans connaissance.

L'endroit est sinistre. Les murs sont

recouverts d'un carrelage sale, couvert de graffitis. Le sol quant à lui, est en béton. Dans un coin, des portes coulissantes métalliques. Au plafond, des chaînes garnies de crochets accrochées à des rails. Le parfait décor de film d'horreur.

Semblable à celui d'un réfrigérateur, un bourdonnement sonore résonne en bruit de fond. Peu à peu, Odd reprend conscience. Assis à même le sol, recroquevillé sur lui-même, il grelotte de froid, et n'a pas l'air de bien comprendre où il se trouve. À ses côtés, Yumi se réveille, elle aussi. Un petit nuage de vapeur sort de sa bouche. Elle se masse le front :

— Bon sang... Où est-ce que nous sommes ?

Odd se tourne vers Yumi. Lui aussi a l'air mal en point.

— Vu le froid qu'il fait, je dirais... quelque part en Sibérie ?!

Il essaie de sourire. Ah, si seulement il

pouvait arrêter de claquer des dents !

Yumi regarde autour d'elle. Et sursaute. Dans l'encadrement de la porte, aussi immobile qu'une statue, M. Delmas se tient debout. Il n'a même pas l'air de leur prêter attention.

Yumi se lève et enfouit sa main dans sa poche. Elle fouille un instant, puis se retourne vers Odd en grimaçant.

— Mon téléphone portable a disparu !

Odd se redresse à son tour et désigne

le proviseur d'un hochement de menton.

— Il a dû te le prendre !

Yumi se frotte les bras pour se réchauffer.

— Il faut qu'on sorte d'ici en vitesse si on ne veut pas finir congelés !

Impassible, le proviseur les écoute. Mécaniquement, il tourne la tête vers Odd. Quelque chose scintille au fond de ses yeux. Une sorte de sigle, mieux : une marque de fabrique. X.A.N.A.* !

Odd esquisse un pas vers le proviseur…

— Heu… monsieur Delmas…

Le proviseur tend brusquement la paume vers le jeune garçon. Un arc électrique violacé jaillit de sa main, qui vient frapper le jeune garçon tel un boulet de canon. Touché à l'abdomen, Odd est propulsé en arrière… et atterrit au côté de Yumi ! Yumi s'approche, dévorée par l'angoisse :

— Odd ! Odd, ça va ?

Souffle coupé, le jeune garçon lève vers Yumi un regard exténué. Franchement, en ce qui le concerne, il n'est plus près d'adresser la parole à un proviseur pareil !

Pendant ce temps, au collège, tous les élèves ont été rassemblés. Face à eux, déterminé, Jim se tient bras croisés. À ses côtés, un inspecteur et deux policiers. Parmi la foule des élèves : Ulrich, Jeremy et Aelita. William et Sissi (laquelle semble sincèrement effondrée) sont là eux aussi.

Jim toise l'assistance d'un regard satisfait, puis tape dans ses mains :

— Tout le monde est là ? Parfait ! Les externes, vous pouvez rentrer chez vous, les cours sont annulés pour la journée !

Le surveillant se tourne ensuite vers William et Sissi :

— Vous deux ! M. l'inspecteur a quelques questions à vous poser ! Les autres, vous pouvez disposer pour l'instant.

À peine a-t-il achevé de prononcer ces mots que les élèves s'éparpillent aux quatre coins de la cour.

Échangeant de brefs regards de connivence, Ulrich, Jeremy et Aelita tournent des talons et s'éloignent discrètement en direction du parc. Mais leur manège n'a pas échappé à Sissi. Qui les désigne du doigt.

— Hé, attendez une minute ! Pourquoi est-ce que ces trois-là sont dispensés d'interrogatoire ? Ils passent leur temps à magouiller avec Odd et Yumi, ils doivent bien savoir quelque chose !

L'inspecteur et les deux policiers se tournent vers le trio. Jim hausse les épaules et se met à brailler :

— Stern ! Belpois ! Stones !

Nos trois héros se figent. Jeremy serre les poings. Décidément, il y a des jours où rien ne se passe comme prévu.

Sissi insiste en se tournant vers l'inspecteur :

— Vous savez, je ne serais pas du tout surprise s'ils savaient quelque chose à propos de mon père ! Ils ne font rien comme les autres, ces trois-là.

L'inspecteur acquiesce. Oui, il va les interroger. Tout, plutôt que de subir le piaillement ininterrompu de la fille du proviseur. D'un geste, il fait signe à Ulrich et aux deux autres.

— Vous, suivez-moi !

Les trois amis se regardent. *A priori*, ils n'ont d'autre choix que d'obéir. Ulrich jette un coup d'œil en coin aux deux autres :

— Vous êtes prêts ?

Jeremy et Aelita opinent discrètement. Sans prévenir, nos trois héros font volte-face et détalent en direction du parc. Escaladant la grille du collège avec une agilité qui dénote des mois de pratique, ils se retrouvent en un clin d'œil à l'extérieur de la cour.

Jim, qui a mis du temps à com-

prendre ce qui se passait, les poursuit dorénavant en hurlant :

— Eh, non, arrêtez ! Revenez ici, vous m'entendez !

L'inspecteur claque des doigts et ses deux hommes se joignent aussitôt à la traque.

Heureusement pour eux, nos trois amis ont un peu d'avance. Slalomant entre les arbres, ils continuent de courir. Mais les policiers ne les lâchent pas. Et ils ont l'air d'être endurants. Comment leur fausser compagnie ?

Jeremy jette un œil par-dessus son épaule. Leurs poursuivants se rapprochent. Non. Non ! L'un d'eux bondit soudain… et plaque le jeune garçon au sol. Au rugby, ce serait la pénalité assurée. Jeremy se débat en protestant :

— Non ! Lâchez-moi !

Dans un mouvement de panique, Aelita se retourne. C'est une erreur : le deuxième policier surgit devant elle, lui coupant toute possibilité de fuite.

Ulrich, lui, continue de sprinter entre les arbres. Piqué au vif, Jim se lance à sa poursuite en faisant signe aux policiers.

— Je m'en occupe ! clame-t-il, comme pour se persuader qu'il va y parvenir.

Courant à toutes jambes, il adresse un dernier salut aux policiers… et, pris dans son élan, trébuche contre une souche. De plein fouet, il heurte un tronc d'arbre et s'affale avec un gémissement. La poursuite n'a pas duré longtemps.

Ulrich traverse le parc sans encombre. Arrivé dans la clairière, il s'arrête devant l'entrée du passage secret qui mène aux égouts. Un regard à droite, un autre à gauche : personne. Soulevant la trappe, il se faufile dans l'ouverture, puis, d'une main, referme derrière lui.

Quelques secondes plus tard, Jim débouche à son tour dans la clairière. Il inspecte les sous-bois en pestant : rien à faire ! ce satané Ulrich a disparu.

Le fugitif gagne les profondeurs des égouts et saisit l'un des skates posé contre le mur ; sautant dessus, et se propulsant du pied, il fonce à toute allure dans les tunnels.

S'il pouvait voir ses amis en cet instant, il irait sans doute encore plus vite : assis par terre, Yumi et Odd grelottent de froid.

Debout devant la porte, le proviseur n'a pas bougé d'un pouce. Odd se tourne vers lui. Son légendaire sens de l'humour a disparu.

— S'il vous plaît ! Ma copine a vraiment très froid, là !

Mais Delmas ne réagit pas. Même pas un clignement d'œil. Odd l'observe un instant, puis se lève : il vient d'avoir une idée. Se campant devant le proviseur, il l'apostrophe :

— Eh ! X.A.N.A.* ! Si je ne me trompe pas, tu as besoin de nous vivants, non ? Sinon tu nous aurais déjà réglé notre compte !

Le regard de Delmas demeure inexpressif. Comprend-il seulement ce qu'on lui dit ? Dans le doute, Odd poursuit :

— Ouais, seulement, tu n'es peut-être

pas au courant, mais nous, le froid, ça peut nous tuer. Alors je serais toi, je ferais quelque chose, et vite !

Le proviseur ne cille pas. Dans son regard pourtant, le sigle de X.A.N.A.* se met à pulser, de plus en plus vite. Pour finir, il ôte prestement sa veste et la jette à Odd.

Ce dernier attrape le vêtement au vol et couvre avec douceur les épaules de Yumi. La jeune fille trouve à peine la force de le remercier. Elle murmure quelque chose.

— De rien, souffle Odd.

5

INTERROGATION ORALE

Assis dans le bureau de la secrétaire, Jeremy, Aelita et Sissi patientent en se rongeant les ongles. Devant la porte, les deux policiers les surveillent du coin de l'œil en discutant.

Sissi a l'air particulièrement affecté. Les paupières mi-closes, elle renifle de temps à autre, comme si toute la misère du monde venait de s'abattre sur ses frêles épaules. Jeremy soupire et tourne la tête vers elle :

— Franchement, ma vieille, félicitations : t'as fait très fort. Seulement, ce que tu ne sais pas, c'est qu'on est les seuls à pouvoir aider ton père !

Étonnée, Sissi se rapproche de lui :

— Comment ça ?

Aelita se lance :

— Eh bien, nous pensons que, d'une certaine façon, ton père… est possédé.

Sissi hausse un sourcil incrédule et ironise :

— Oh, bien sûr, oui : comme dans

Horreur aux Urgences. Une créature démoniaque a pris le contrôle de son esprit et le force à commettre des actes abominables !

Jeremy hoche la tête.

— Ben… en gros, c'est à peu près ça.

Sissi le dévisage, abasourdie. Les autres, passe encore. Mais elle a toujours pensé que Jeremy était un garçon sérieux, quand même !

Au même moment, sur les quais, Odd et Yumi commencent à perdre espoir. Delmas est toujours figé dans la même position, immobile et indifférent. Recroquevillés dans un coin, les deux enfants, transis de froid, le fixent. Yumi a beau être emmitouflée dans la veste du proviseur, elle ne peut s'empêcher de grelotter.

Dans l'espoir de se réchauffer, elle remue un peu… Hé, qu'est-ce que c'est que ça ? De la poche de la veste du proviseur vient de tomber quelque chose.

Un téléphone portable, oui ! Odd et Yumi ouvrent de grands yeux. Le visage de la jeune fille s'éclaire : pourquoi n'y ont-ils pas pensé plus tôt ? Vérifiant que Delmas ne les regarde pas, Yumi saisit le téléphone et commence à composer discrètement un numéro.

Ulrich sort des égouts par une bouche située à quelques mètres de l'entrée des entrepôts. Prudemment, il entre dans l'usine. Il déambule dans une galerie surplombant une salle immense – la salle cathédrale – quand subitement, son téléphone portable se met à sonner. Surpris, il décroche.

— Yumi ? C'est toi !... Hey, est-ce que ça va ? Où est-ce que vous êtes ?

Camouflée sous la veste du proviseur, Yumi s'efforce de chuchoter :

— Je dirais… dans un entrepôt réfrigéré sur les quais. Où exactement, je ne sais pas, mais…

Hélas ! Elle n'a pas le temps de terminer sa phrase. À quelques mètres d'elle, le proviseur, qui a surpris son manège, tend lentement sa paume vers le téléphone portable. Et, comme par magie, ce dernier quitte subitement les mains de la jeune fille pour rejoindre son propriétaire.

— Oh ! s'exclame Yumi.

Dans la foulée, le proviseur tend son autre paume vers la veste qui recouvre Yumi. D'une deuxième poche, le téléphone portable d'Odd s'extirpe à son tour, et rejoint son petit frère. Le regard vide, Delmas serre alors les deux appareils dans ses mains. Fort. Encore plus fort.

D'un coup, les deux téléphones sont réduits en miettes…

Odd et Yumi se dévisagent, effarés.

— Yumi ? Yumi ! appelle Ulrich, affolé. Il regarde son téléphone portable, constate que l'écran est vide… et le range dans sa poche en soupirant.

Soudain, son regard tombe sur la bombe EMP toujours posée sur le sol de la salle cathédrale, en contrebas de la galerie.

Un sourire se dessine sur ses lèvres. Il a peut-être une idée.

Sissi dévisage Jeremy et Aelita en se grattant le crâne, l'air plus que sceptique.

— Donc, en clair, pour aider mon père, vous devez vous transférer dans un univers virtuel pour y désactiver* une tour*, c'est bien ça ?

Jeremy acquiesce.

— En gros.

Sissi hoche la tête.

— Juste une question comme ça : pourquoi est-ce que je devrais aider un couple de mythomanes complètement givrés ?

L'un des policiers tourne la tête vers eux en essayant de prendre un air sévère.

— Hé, on arrête la parlote ! tonne-t-il en les fixant distraitement. Après quoi il reprend sa conversation avec son collègue.

Les trois ados se taisent… puis Aelita se penche vers Sissi.

— Ce n'est pas nous que tu aides ici, c'est ton père ! Sissi, tu dois nous faire confiance ! Je t'en supplie !

La fille du proviseur soupire. Faire confiance ? Elle n'est pas très habituée. Au moment où elle s'apprête à poser une nouvelle question, la porte du bureau s'ouvre sur William et l'inspecteur.

— Merci, tu peux rentrer chez toi, dit l'inspecteur à William.

Le jeune garçon s'en va sans même regarder les trois autres. L'inspecteur toise le trio et fait signe à Sissi.

— Elisabeth Delmas ! C'est à vous !

La jeune fille se lève et suit docilement l'inspecteur. Aelita et Jeremy échangent un regard inquiet. L'idéal serait bien sûr de quitter cet endroit pour rejoindre l'usine. Mais les policiers leur barrent toujours la porte de sortie.

À genoux devant la bombe EMP raccordée aux deux batteries, Ulrich inspecte les commandes d'un air perdu. Franchement, c'est bien gentil la technique mais lui, il n'y connaît pas grand-chose ! Bon sang, si seulement Jeremy avait pensé à laisser un mode d'emploi !

Son doigt hésite sur des boutons... et finit par en presser un.

Rien ne se passe.

Ulrich appuie sur un nouveau bouton, à côté duquel se trouve un symbole de batterie. Aussitôt, un voyant s'allume et une barre de chargement commence à se remplir tandis qu'un son continu enfle progressivement : l'énergie électrique s'accumule dans la bombe.

L'air ravi, Ulrich serre un poing vainqueur.

— Ouais !

Installée devant le bureau, Sissi regarde ses ongles. De l'autre côté, l'inspecteur la dévisage nonchalamment, les pieds posés sur la table. Trois fois qu'il lui pose la même question. Décidément, cette fille n'a pas l'air très dégourdie.

— Alors ? Votre père ?

La jeune fille ravale un sanglot. Puis elle se met à parler, d'un air faussement naïf :

— Mais je vous ai tout dit ! Bon, c'est vrai qu'il est carrément bizarre ces temps-ci. Il s'enferme dans la cave pendant des heures pour bricoler, à ce qu'il raconte. Mais bricoler quoi ? Mystère !

L'inspecteur retire ses pieds du bureau. Sissi poursuit sur le même ton :

— Et puis l'autre jour, il m'a déclaré qu'il en avait marre de la vie, ou quelque chose comme ça. Vous imagi-

nez ? Je lui ai répondu que c'était normal d'être fatigué avec toutes ces charges qui pesaient sur lui. Et là il s'est mis à rire, un rire bizarre, presque hystérique. Il a dit qu'effectivement des charges, il en avait, mais qu'il ne savait pas encore où les placer.

De plus en plus intéressé, l'inspecteur s'avance.

Sissi continue :

— Et puis il y a eu ce coup de fil mystérieux. Je ne sais pas qui il appelait, mais je l'ai entendu dire qu'il avait reçu les... oh, je ne sais plus, ça sonnait comme dessinateur ou décorateur ? enfin quelque chose comme ça

— Les détonateurs ?! suggère l'inspecteur, au bord de l'apoplexie.

Sissi sourit en pointant son index.

— Oui ! Voilà, c'est ça ! Ouah, vous vous y connaissez, dites donc !

L'inspecteur se relève d'un coup : la panique semble le gagner. Il ouvre la porte de son bureau à la volée.

— ON ÉVACUE L'ÉCOLE ! ordonne-t-il.

Tirés de leur torpeur, Jeremy et Aelita ouvrent de grands yeux. Derrière l'inspecteur, Sissi arbore un sourire entendu.

Quelques minutes plus tard, on retrouve les trois complices courant à travers le parc, galopant entre les arbres. Hors de portée, et à bout de souffle, ils s'arrêtent enfin.

Admiratif, un peu surpris aussi, Jeremy se tourne vers Sissi.

— Bien joué ! Et merci de nous avoir crus !

Sissi prend un air sévère. Et essaie de cacher sa fierté.

— Oh, c'est bon, oublie ça ! Par contre, crois-moi, si ton histoire dans le virtuel c'est du bidon, alors là, tu me le paieras très, très cher !

Jeremy veut répliquer, mais son téléphone sonne au même moment. Il appuie sur un bouton.

— Ulrich ?! Où est-ce que tu es ?

Sur les berges du fleuve, non loin de l'usine, Ulrich se déplace vers la zone réfrigérée des entrepôts. Pour déplacer cette bombe si lourde, il a eu une idée de génie : il l'a fixée à son skate, qu'il tire maintenant avec une corde.

— Je me dirige vers les quais, dans la zone des entrepôts réfrigérés. Yumi et Odd sont là-bas !

Jeremy consulte sa montre en se mordant les lèvres.

— L'ultimatum de X.A.N.A.* expire dans 15 minutes ! souffle-t-il.

Téléphone vissé sur l'oreille, Ulrich acquiesce. Pas question de traîner, donc. Rendez-vous est pris à l'usine aussi tôt que possible.

Satisfait, Jeremy raccroche puis se met à courir. Aelita se lance sur ses talons… suivie de Sissi. Jeremy se retourne vers elle, comme s'il venait de se rappeler quelque chose.

— Heu… Sissi ?! Où est-ce que tu vas, là ?

La jeune fille semble décidée.

— Question idiote : je viens avec vous ! Je te rappelle que mon père est impliqué là-dedans. Et puis toutes ces histoires de X.A.N.A.* et de monde virtuel, je tiens à voir ça !

Jeremy veut répliquer, mais se ravise. À quoi bon discuter dans un moment pareil ? Il finit par opiner.

— Oui, bon, d’accord.

Les trois complices se remettent à courir et s’éloignent entre les arbres du parc.

6

LE TOUT POUR LE TOUT

Quelques minutes plus tard, l'usine est en vue. Très vite, les portes du labo s'ouvrent. Sissi, Jeremy et Aelita s'y engouffrent.

Sans perdre un instant, Jeremy et Aelita foncent vers le tableau de bord. Sissi regarde autour d'elle, émerveillée.

— Wouah… on se croirait dans un film de James Bond !

Jeremy installe sa micro oreillette et commence à pianoter sur son clavier.

Aussitôt, les écrans s'allument les uns après les autres. Aelita suit la manœuvre d'un air angoissé.

Sur l'écran de contrôle, la carte de Lyoko se matérialise. Rapidement, un point de couleur apparaît : aucun doute, c'est la Méduse. Jeremy hoche la tête. Sans surprise, X.A.N.A.* est pile dans les temps.

— Et il nous reste combien de minutes ? questionne Aelita.

— Environ deux.

Au pas de course, Ulrich arrive devant l'entrée des entrepôts frigorifiques. Derrière lui, tiré à toute allure, le skate, sur lequel est fixée la volumineuse bombe EMP. Sur le côté, le jeune garçon remarque la voiture du proviseur, dont les portières sont restées ouvertes. Pas de doute, il se trouve au bon endroit.

Le voici qui entre dans le bâtiment, retenant son souffle. Devant lui s'étire un long couloir flanqué de portes à perte de vue. Il en ouvre une, la première. Comme prévu, c'est une chambre froide. Et comme prévu, elle est vide.

Ulrich ouvre une seconde porte. Vide également. Le jeune garçon soupire en essayant mentalement de calculer combien de poignées il lui reste à baisser. À raison d'une porte toutes les dix secondes, et si on considère que le couloir est long de cent mètres avec…

Il s'interrompt.

Son téléphone portable vient de sonner. Il décroche. Quoi, encore ?

C'est la voix de Jeremy.

— Ulrich, dépêche : il ne nous reste plus qu'une minute !

— Hé, il y a des douzaines de

chambres froides par ici, alors je fais ce que je peux, d'accord ! Moi, je ne travaille pas bien s'il y a trop de stress.

Aelita gémit en se tordant les mains.

— Trop tard, c'est ma faute, dit-elle. J'aurai dû me livrer.

Jeremy tente de la rassurer. Il est sûr qu'Ulrich va trouver les deux autres. Se rongeant les ongles, il jette un œil à ses écrans. C'est fou comme le temps passe vite !

Sur l'interface horloge, on peut voir défiler les quelques secondes restant

avant la fin de l'ultimatum. Jeremy serre les dents.

— Fin du compte à rebours ! annonce-t-il.

Aelita et Sissi sont atterrées. Que va-t-il se passer maintenant ?

Au même instant, dans les entrepôts, le proviseur ouvre les yeux. Le sigle de X.A.N.A.* continue de pulser dans son regard. Son visage affiche une expression glaciale.

Frigorifiés, Odd et Yumi semblent plongés dans une sorte de coma. Quittant son poste, le proviseur descend vers eux, poings serrés. Et de petits arcs électriques violacés apparaissent autour des phalanges.

Puisant dans ses ultimes ressources, Odd entrouvre un œil…

Les arcs électriques gagnent en intensité : ils cernent à présent les doigts de M. Delmas avec des crépitements inquiétants.

Odd écarquille les yeux. Et pousse un hurlement.

À quelques mètres, Ulrich se fige. Le pied posé sur son skate, où se trouve toujours la bombe EMP, il tend l'oreille, puis tourne la tête : il a repéré une porte. Le cri semble venir de là-bas.

Le proviseur s'avance. La main tendue vers Odd, il s'arrête. De puissants arcs électriques jaillissent désormais de ses doigts. Une première décharge frappe Odd en pleine poitrine.

— Ah !... hurle Odd.

Il s'effondre au sol à côté de Yumi, qui est en train de revenir à elle et regarde le proviseur avec une expression de terreur.

— Monsieur Delmas, arrêtez ! Je vous en supplie !

Faiblement, elle se redresse sur ses jambes. Le proviseur serre les poings… Les arcs électriques scintillant autour de ses doigts s'intensifient de nouveau. Il se tourne vers elle. Le sigle de X.A.N.A.* vibre de plus belle. Une possession. Une possession fatale.

Yumi recule, tente de s'échapper… Mais, à son tour, elle se retrouve soulevée du sol, environnée de faisceaux énergétiques. La voici dorénavant dos au mur, immobilisée par cette puissance terrifiante. Elle crie :

— Aaaah !

— Yumi !

La jeune fille ouvre les yeux. Se pourrait-il…

Oui ! Dans l'embrasure de la porte se tient Ulrich. À ses pieds, le skate et la bombe EMP posée dessus.

Yumi émet un faible sourire. Dans les yeux du proviseur, le sigle de X.A.N.A.*

gagne en puissance. Ulrich est en conversation téléphonique avec Jeremy :

— Euh, ta bombe E machin, tu crois qu'elle ferait exploser le proviseur ?

Jeremy grimace, anxieux.

— En théorie, non : l'explosion n'affecterait que la partie X.A.N.A.*. Mais qu'est-ce que tu comptes…

La communication est coupée. Déjà, le proviseur tend ses mains pour bombarder Ulrich de ses arcs. Mais d'un geste vif, ce dernier enclenche la bombe… et, du bout du pied, donne une impulsion au skate.

— Chaud devant !

Parfaitement lancée, la planche à roulettes roule vers le proviseur en lui passant entre les jambes.

La bombe EMP explose.

L'énergie se libère avec un bruit métallique.

Une lueur aveuglante vient frapper la vitre opaque de la chambre froide... puis se dissipe.

Plus rien ?

7

TALENTS CACHÉS

Silence total, en tout cas. Sur les écrans, l'interface téléphonique d'Ulrich a disparu : communication impossible.

Paniqué, Jeremy porte la main à sa micro oreillette :

— Ulrich ?! Ulrich… tu m'entends ?!

Aucune réponse. Aelita se tourne vers Jeremy.

— Tu as dit que ta bombe détruisait tout ce qui était électronique ? J'imagine que ça vaut aussi pour les téléphones portables, non ?

Jeremy se tape le front du plat de la main.

— Bien sûr, quel crétin ! Je n'y avais pas pensé.

Sissi fronce les sourcils et se tourne vers Jeremy.

— On ne sait même pas si ça a fonctionné ?!

Elle blêmit. Et son père ? Et si son père avait été tué dans l'explosion ?

Jeremy secoue la tête.

— Non, je suis sûr qu'il va bien, Sissi. À l'heure qu'il est, il est probablement en train de régler leur compte à Odd et Yumi.

Aelita tourne la tête vers les écrans de l'ordinateur : toujours tendue, elle regarde le point coloré qui symbolise la tour* activée, dans le Territoire de la Banquise. X.A.N.A.* n'a certainement pas dit son dernier mot.

Allongés sur le ventre, Ulrich, Odd et Yumi protègent leur tête de leurs mains. Puis, Yumi se redresse et regarde autour d'elle.

— Ça a marché !

À quelques mètres des trois élèves, le corps du proviseur est allongé au sol, inerte. Ulrich se redresse et consulte son téléphone portable.

— Ouais... mais mon portable est foutu !

De son côté, Odd entrouvre un œil et reprend ses esprits en se redressant.

— Hmmm… Qu'est-ce que je fais là ?

Ulrich s'approche de lui et l'aide à se relever.

— On t'expliquera en chemin ! Allez ! On file à l'usine !

Les trois amis sortent de la chambre froide, laissant derrière eux le corps inanimé du proviseur. Partie gagnée ? Pas encore. Dans leur dos, le proviseur ouvre les yeux.

Le sigle de X.A.N.A.* y pulse encore.

Mains derrière le dos, Jeremy fait les cent pas en marmonnant. La voix de Sissi le tire de ses réflexions.

— Jeremy ?

Intrigué, le garçon se retourne… Sissi se tient devant lui en position de combat ; avant qu'il ait eu le temps de réagir, elle lui décoche un puissant coup de poing dans le ventre, suivi d'un coup de pied dans les jambes.

Jeremy s'écroule à terre, sonné.

Souriante, Aelita se retourne vers Sissi.

— Joli coup ! Où as-tu appris à faire ça ?

— J'ai pris quelques cours de penchak silat. Pour impressionner Ulrich... Mais sans résultat pour l'instant. Dis, au fait, pourquoi tu voulais que je l'assomme ?

Aelita tire doucement la chaise de Jeremy, s'assied dessus et se met à pianoter sur le clavier.

— Je dois aider Ulrich, Odd et Yumi ! Et pour ça, je dois aller désactiver* la tour*.

Elle regarde tendrement Jeremy évanoui au pied de sa chaise.

— Cet imbécile ne m'aurait jamais laissée faire.

Sissi opine gravement. Elle ne comprend pas tout, mais Aelita a l'air si sûr d'elle ! Allez, il ne s'agit pas de traîner. Aelita, encore occupée à pianoter, lui expose les instructions d'une voix rapide. Puis elle se lève et va se placer dans un caisson.

— Sissi ! À toi !

La fille du proviseur, qui a pris la place de Jeremy aux commande de l'ordinateur, marque un temps d'hésitation. Elle caresse la touche du clavier sur laquelle Aelita lui a demandé d'appuyer :

— Euh, oui, mais… t'es sûre là ?

La voix d'Aelita résonne comme un ordre.

— Oui, je suis sûre. Allez ! Vas-y !

Sissi soupire… et appuie sur la touche.

Aelita se tient parfaitement immobile. C'est parti ! Le caisson se referme. Des centaines de capteurs laser projettent leurs faisceaux sur elle.

Tétanisée, Sissi observe les images

digitalisées d'Aelita sur l'interface de virtualisation. Le scan se termine. Aelita ne tarde pas à disparaître.

8

MAUVAISES RENCONTRES

Aelita apparaît en lévitation, bras en croix. Brusquement, son corps chute vers le sol de la Banquise. Elle se réceptionne avec agilité et se redresse aussitôt. Devant elle, un pont, qu'elle emprunte sans hésiter. Mais X.A.N.A.* ne perd pas de temps : le comité d'accueil est prêt. Très vite, la jeune fille est poursuivie par trois kankrelats qui tirent successivement des salves de lasers. Aelita slalome ! Les tirs la ratent de peu. Des impacts suivent sa progression. La jeune fille accélère.

Odd, Yumi et Ulrich, eux, courent sur le pont de l'usine. Mais soudain, les dépassant à la vitesse de l'éclair, le proviseur fait volte-face et se fige devant eux, leur bloquant le passage.

Dans ses yeux, le sigle de X.A.N.A.* n'en finit plus de rayonner. Et le voici qui s'avance, plus menaçant que jamais. Ulrich se tourne vers Yumi.

— Allez-y… Je m'en occupe !

Yumi et Odd acquiescent. Le proviseur est tout proche d'eux.

Ulrich se met en garde et, prenant son élan, envoie un coup de pied dans la poitrine du proviseur. Sous le choc,

Delmas bascule au sol… mais parvient à projeter un arc électrique sur Ulrich.

Odd et Yumi n'ont pas le temps de suivre la scène : ils doivent continuer. Au pas de course, ils pénètrent dans l'usine.

Parvenue à la fin du pont, au sommet de l'iceberg, Aelita est bloquée : derrière elle, les kankrelats se rapprochent. Devant elle, une sorte de toboggan.

Décidée à tenter le tout pour le tout, la jeune fille s'y laisse glisser.

Une course poursuite s'engage dans le tunnel, ponctuée de violentes détonations : les kankrelats heurtent les parois, au risque de se désagréger – ce qui arrive à l'un d'entre eux. Parvenue au bout du tunnel, Aelita ferme les yeux et se jette dans le vide. Elle se réceptionne violemment sur la deuxième plaque de Banquise tandis qu'un second kankrelat explose en chutant. Le troisième monstre*, lui, parvient à

s'en sortir indemne. Déjà, il pointe son laser sur Aelita.

La jeune fille recule sous la menace… quand une ombre se dessine devant elle. Apeurée, elle se retourne. Oh, non ! La Méduse est là ! C'est comme si ses pires frayeurs venaient de prendre corps devant elle.

Sans prévenir, les tentacules du monstre* s'élancent vers la tête de la jeune fille, avant de s'enrouler autour d'elle. Prise d'un spasme, Aelita tente de se débattre.

— Ah !

Mais le corps de la jeune fille, soudain relâché, se soulève du sol. Agitant ses tentacules, la Méduse entreprend de pomper son énergie vitale…

Restée seule dans le labo, Sissi regarde les écrans. Sur l'interface d'Aelita, les points de vie baissent à toute vitesse. La fille du proviseur, évidemment, ne comprend pas très bien ce qui se passe. Mais elle se doute que ce n'est pas une bonne nouvelle.

Derrière elle, Jeremy relève la tête et entrouvre les yeux. Il se masse les tempes en geignant. Sissi se baisse vers lui.

— Jeremy ! Eh, Jeremy… Je crois qu'on a un petit problème !

Jeremy fixe Sissi sans comprendre tout en continuant à se frotter le crâne.

— Ma tête ! Mais qu'est-ce qui se passe ?

— Ben voilà… Aelita est entrée dans le… heu… le jeu vidéo, là… et elle est tombée sur un calamar géant !

— Hein ? Quoi ?!…

Sissi lui montre l'écran de l'index. Elle arbore un sourire embêté. Affolé, peinant à reprendre ses esprits, Jeremy se plante devant l'écran tout en fixant son oreillette.

— La Méduse !

Sur l'interface virtuelle d'Aelita, les points de vie continuent de chuter. Jeremy n'en croit pas ses yeux.

— … Aelita ! Mais t'es dingue ?!

À peine a-t-il prononcé ces mots que les portes du labo s'ouvrent, livrant passage à Yumi et Odd.

Jeremy se tourne vers eux. Ils ne pouvaient pas mieux tomber !

— Vous deux, sur Lyoko ! Vite !

Mais à son tour, Sissi se lève et se dirige à leur rencontre.

— Eh, attendez ! Mon père, comment il va ?

Odd lève un pouce en l'air.

— En pleine forme. Il fait joujou dehors avec Ulrich !

Sissi lui adresse une moue intriguée. Son père ? Joujou ? Mais qu'est-ce que ça veut dire ?

Les portes de l'ascenseur se referment sur Odd et Yumi.

9

À LA RESCOUSSE

Au même endroit qu'Aelita quelques instants plus tôt, Yumi et Odd apparaissent en lévitation, bras en croix au-dessus du Territoire de la Banquise. Tandis qu'ils se rétablissent avec souplesse, l'Overwing et l'Overboard apparaissent. Ils sautent dessus et s'engagent sur le pont. Jeremy donne les premières indications. Ce n'est pas compliqué : Aelita se trouve sur un plateau droit devant !

Au moment d'arriver au sommet de

l'iceberg toboggan, Yumi se tourne vers Odd.

— Tu prends le tunnel, moi, je fonce tout droit !

— Oui, chef ! À tes ordres, chef !

Tandis que Yumi passe à toute vitesse au-dessus de l'iceberg, Odd fait quelques figures sur les rampes verticales pour prendre de l'élan, puis s'engage à fond sur le toboggan.

— Yahooo !

Il disparaît dans le tunnel.

Les yeux rivés sur ses écrans, Jeremy se fait du mauvais sang. Les points de vie d'Aelita continuent de chuter à toute allure. Il demande aux autres de s'activer – plus vite, plus vite !!

La Méduse, elle, continue à pomper la mémoire d'Aelita. Cette dernière est inerte. De toute évidence, elle n'a plus la force de résister.

Mais soudain… deux éventails entrent dans le champ en virevoltant !

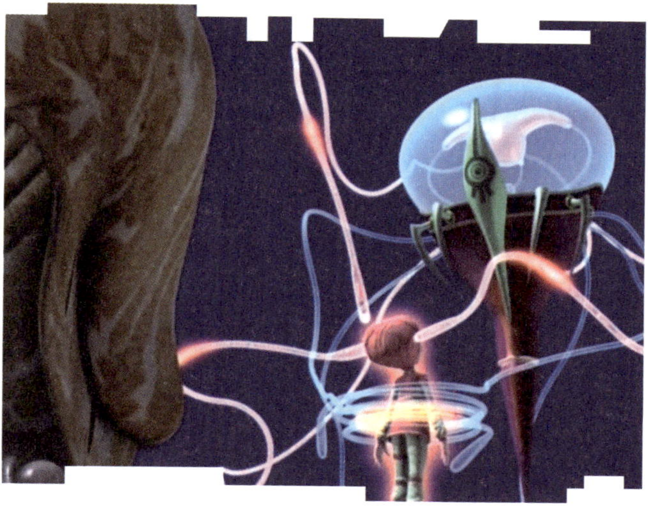

Le premier pulvérise le dernier kankrelat qui restait… et le second tranche net les tentacules de la Méduse. Aelita retombe sur le sol glacé. Yumi, qui vient de déboucher de derrière l'iceberg, récupère ses éventails en vol. Visiblement surprise, la Méduse se tourne : elle n'a pas l'habitude qu'on lui tienne tête comme ça !

Odd sort du tunnel au même moment ; tout en surfant adroitement, il tend son poing… et envoie une rafale de fléchettes vers la redoutable créature. Cette dernière encaisse les tirs, et bat en retraite !

Sur le sol du sentier glacé, Aelita se redresse et lève les yeux vers celle qui l'a sauvée. L'Overwing de Yumi s'est arrêté à ses côtés. Sa voix est très douce :

— Est-ce que ça va, Aelita ?

La jeune fille opine. Ce n'est pas la grande forme, évidemment, mais au moins, elle est toujours en vie.

— Super ! Allez, grimpe !

Aelita saute derrière Yumi. L'Overwing et l'Overboard s'éloignent rapidement vers la troisième plaque.

Mais les ennuis du trio ne sont pas terminés ! Tournant un regard glacial vers Ulrich, en position de parade, le proviseur serre les poings. Décidément, c'est un coriace, celui-ci ! De nouveau, de fins arcs électriques se forment autour de ses phalanges. D'une puissante impulsion, Delmas soulève Ulrich du sol… et le propulse contre un mur. Le jeune garçon part en arrière, et retombe brutalement sur le dos.

Debout au-dessus de sa victime, M. Delmas s'avance. X.A.N.A.* le possède totalement.

Affalé par terre, Ulrich gémit de douleur. Le proviseur s'approche de lui et s'arrête, le dominant de toute sa hauteur.

Odd, Yumi et Aelita, eux, continuent de filer au-dessus de la Banquise. De son poste de commandes, Jeremy annonce le programme :

— La tour* activée se trouve droit devant vous ! Vous devriez y être ! Ah, et remuez-vous un peu, Ulrich est en train de prendre une bonne raclée.

Jeremy laisse échapper un soupir, puis se tourne vers Sissi :

— Sissi, je…

Mais derrière lui, personne : la fille du proviseur n'est plus là.

Yumi et Odd foncent vers l'iceberg composé de terrasses. Yumi plisse le front. Il doit y avoir une erreur ! Aucune tour* dans ce secteur !

Jeremy consulte ses écrans en secouant la tête. Bizarre, vraiment : parce qu'il y a bien un symbole de tour* activée.

— Le scan l'a détectée. Donc elle est par là, quelque part !

Il s'apprête à leur communiquer de nouvelles indications lorsque, sur sa fenêtre radar, une armée de points rouges apparaît aux environs de la tour*. Vite ! Il prévient ses amis que les Tarentules sont de sortie.

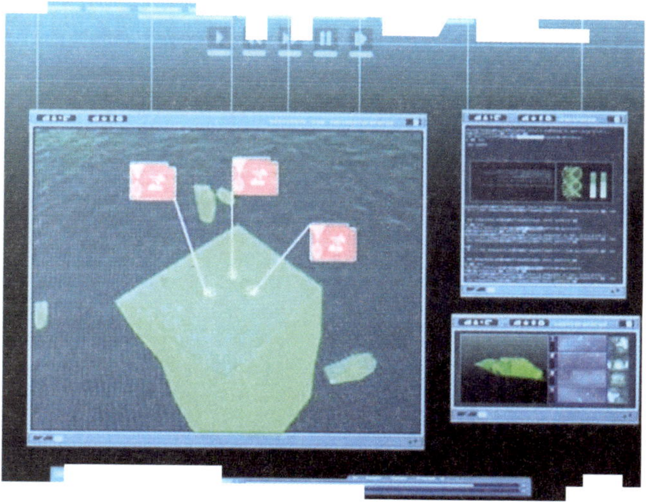

— Chouette ! s'exclame Odd. Elles commençaient à me manquer.

Juché sur son Overbike, le jeune garçon scrute la Banquise avec attention. Yumi et Aelita, sur leur Overwing, font de même.

Attention ! Sans sommation, des rafales de tirs traversent l'air glacé.

Odd est touché au bras. Il retient un cri de douleur et lève les yeux. Devant lui, sur le plateau supérieur, trois Tarentules sont en train de le mitrailler tranquillement. Sans hésiter, il part en vrille pour échapper aux nouveaux tirs des monstres*.

De son côté, Yumi fonce sur son Overwing. Aelita se cramponne à elle. Les deux filles tournent autour de l'iceberg et inspectent les terrasses pour repérer la tour*.

Soudain, Aelita désigne quelque chose.

— Regarde !

Yumi tourne la tête. Elle avise alors le fameux trou, situé au centre de la terrasse supérieure, derrière les trois Tarentules.

— On dirait l'entrée d'une grotte dans la glace !

Ulrich reste au sol. Il gémit et se tord de douleur sous l'effet des arcs électriques que lui envoie le proviseur.

— Ahhh…

C'est alors qu'un cri résonne…

— Banzaïïïïïïïïïïïïïïïïïïïïïïïïï !

Une forme surgie d'on ne sait où frappe le proviseur à la tête. Delmas marque un temps d'arrêt, se fige.

Sa tête se dépixellise légèrement.

Puis il tombe à genoux.

Derrière lui se tient Sissi, armée d'une barre de fer. Lâchant son arme, qui tombe au sol et résonne avec un boucan d'enfer, la jeune fille se précipite vers Ulrich et s'agenouille à ses côtés.

— Ulrich… ça va ? Réponds-moi !

Le garçon entrouvre les yeux. Sissi lui sourit tendrement.

Odd fait du rase-mottes sur le plateau et arrive à vive allure vers l'iceberg en évitant habilement les tirs des trois Tarentules. Il longe la paroi, désormais si proche d'elle qu'il disparaît aux yeux des monstres*. D'un vigoureux coup de rein, il braque son Overboard à 45° et monte à vive allure.

Le voici maintenant débouchant au sommet, masqué par sa planche ; les Tarentules n'ont pas le temps de réagir que, déjà, le jeune garçon a armé son poing… Il bascule vers les monstres* et tire sur l'un d'entre eux. Pleine cible. Une Tarentule disparaît.

Il n'en reste plus que deux, qui font feu de nouveau vers Odd. Lequel replonge vers la Banquise.

Dans le couloir, peu à peu, le proviseur se repixellise. Se redressant, il lève les yeux et regarde Sissi, qui serre Ulrich contre lui. Horreur ! Le sigle de X.A.N.A.* est toujours là, vibrant dans son regard comme une malédiction. Sissi regarde son père.

— Non papa ! NON !

Et si ! Un nouvel arc électrique se forme au bout des doigts du proviseur. Il vise Ulrich. Sa fille se redresse, protégeant Ulrich de son corps.

— Papa, laisse-le tranquille !

10

ULTIME TENTATIVE

Sur la Banquise, le combat continue. Yumi et Aelita foncent sur l'Overwing. Odd arrive à leur hauteur. Yumi se tourne vers lui.

— Odd ! On prend chacun une Tarentule, comme ça, pas de jaloux !

Le jeune garçon acquiesce. Lui, il est pour le partage.

Tandis que son Overboard vire de bord, Yumi se retourne vers Aelita.

— Aelita, Quand je te le dis, tu sautes, d'accord ?

L'intéressée hoche la tête.

— Dépêchez-vous ! Ulrich s'est fait massacrer et maintenant c'est au tour de Sissi ! annonce Jeremy.

Le proviseur fixe Sissi… Il tend les mains vers elle. Des arcs électriques flamboyants parcourent ses doigts. Feu ! La jeune fille est projetée au sol… Tombée à genoux, elle gémit sous le regard impitoyable de son père. N'y a-t-il rien à faire pour délivrer cet homme de l'entité qui a pris possession de son corps ?

Sur son Overboard, Odd tire des deux poings vers une des deux Tarentules qui gardent le trou menant à la grotte. Les flèches atteignent le monstre*, mais ne suffisent pas à l'abattre. Sans attendre, il réplique. Odd se protège de son bouclier mais, si son visage est épargné, le reste du corps est touché par de multiples tirs laser…

— Mince !

… et Odd est dévirtualisé !

Sur l'Overwing, Yumi voit les deux Tarentules restées devant le trou. Elle se tourne vers Aelita.

— Changement de plan ! Tu prends les commandes !

L'Overwing passe au-dessus de la terrasse des Tarentules. Yumi prend son élan… et saute. Elle virevolte gracieusement dans les airs et atterrit sur la terrasse supérieure, face aux deux monstres*.

Puis elle dégaine ses éventails.

— C'est parti !

Yumi se met d'abord à tournoyer sur elle-même à toute allure. La vitesse de son mouvement et ses éventails ouverts la protègent des tirs en rafales des Tarentules. Puis elle envoie un premier éventail, qui atteint une Tarentule, pleine cible ! Le monstre* disparaît. Il ne lui reste plus qu'un adversaire à abattre ! Déterminée, elle récupère son arme. Le but est proche.

Au-dessus du plateau, Aelita pilote l'Overwing tout en regardant en contrebas.

Yumi fait face à la Tarentule restante. Celle-ci concentre ses tirs sur elle… La jeune fille contre les lasers avec ses éventails, mais recule sous l'effet de leur puissance.

Elle lève les yeux vers Aelita qui plane au-dessus d'elle avec son Overwing :

— Vas-y !

Aelita prend une inspiration, et saute de l'Overwing, bras écartés, jambes serrées. Piquant droit vers la terrasse, elle rassemble ses mains en avant, comme si elle allait plonger dans l'eau.

Elle passe pile dans le trou…

Yumi, qui n'a rien perdu de son exploit, ouvre les bras en grand et accueille les tirs laser de son ennemie, qui la dévirtualisent instantanément.

Comme prise dans un entonnoir, Aelita débouche à pleine vitesse dans un tunnel de glace et glisse vers une destination inconnue.

Elle hurle, grisée par la peur et par l'excitation.

Enfin, elle aperçoit une extrémité. Elle tombe, atterrit sur le sol glacé, et se rétablit sans dommages.

Lentement, elle lève les yeux. Elle se trouve dans une grotte, splendide et silencieuse. La tour* activée se dresse face à elle.

Aelita sourit.

— Nous y voilà…

— Dépêche-toi ! l'encourage Jeremy

Aelita fonce droit vers la tour* et pénètre à l'intérieur.

Un éclair électrique jaillit des paumes électrifiées du proviseur et touche à nouveau Ulrich en pleine poitrine. Sissi implore son père :

— Papa…

À bout de forces, Ulrich s'effondre.

Aelita s'avance sur la passerelle et entame sa montée vers la passerelle supérieure de la tour*. Elle s'élève, arrive sur l'interface flottante. Elle entre le code : LYOKO et annonce :

— Tour* désactivée !

Instantanément, dans les yeux du proviseur, le sigle de X.A.N.A.* disparaît.

Delmas s'effondre, à genoux... puis s'allonge au sol, comme vidé de ses forces. Sissi, qui croit au pire, se jette sur lui :

— Non, papa !

Elle se tourne vers Ulrich. Le garçon se redresse péniblement.

— Ulrich ! Est-ce que ça va ?

Il sourit.

— Oui... et grâce à toi, je crois ! Merci beaucoup, Sissi !

La jeune fille se relève à son tour... et regarde son père, étendu au sol.

— Il est… Tu crois qu'il est… ? demande-t-elle d'une petite voix éteinte.

Ulrich fait « non » de la tête.

— T'inquiète, il est juste évanoui.

— Mais qu'est-ce qui va lui arriver ? Je veux dire, avec l'enlèvement et tout le reste ?

— T'en fais pas, je te dis. Personne ne se souviendra de rien. Tout le monde va oublier, tu comprends ? Toi comme les autres…

Sissi fronce les sourcils en s'approchant de lui.

— … Et toi ?

— Moi , c'est différent : je me souviendrai de tout.

Sissi hoche la tête.

— Dans ce cas, j'espère que tu n'oublieras pas ça…

Prenant son visage à deux mains, elle l'embrasse sur la bouche. Éberlué, Ulrich se laisse faire.

Derrière lui, Odd apparaît, à l'entrée

de l'usine, armé d'un nouveau télé-phone portable.

— C'est bon, tu peux y aller, Einstein….

Jeremy pianote sur son clavier pour programmer le retour dans le temps. L'interface téléphonique est ouverte : la voix lasse de Odd résonne dans le labo :

— Ah là là, pas de chance : nous, il va falloir qu'on se souvienne de toutes les horreurs qu'on a pu voir…

Les mains crispées sur le siège de Jeremy, Yumi n'en croit pas ses oreilles. Elle se penche près du micro de son ami.

— Quelles horreurs ? Odd ?

Mais pour une fois, Odd ne répond rien.

Jeremy sourit... et appuie sur une touche.

— Retour dans le passé !

Une lumière blanche irradie de l'usine et vient délicatement envelopper Ulrich et Sissi qui se tiennent à côté du proviseur toujours évanoui.

11

MÉMOIRE TROP COURTE

Rassemblés dans la cour, les élèves attendent l'entrée des classes. Un brouhaha s'élève.

Non loin du distributeur de boissons, Jeremy, Ulrich et Aelita se tiennent autour d'un banc, en grande discussion.

Soudain, Sissi arrive, suivie de Nicolas et Hervé. Elle se plante devant eux, un large sourire aux lèvres.

— Salut, Ulrich !… Eh ben alors, t'es tout seul ? Yumi n'est pas avec toi ? Elle prend un air faussement naïf : ah mais non bien sûr, je viens de la voir avec William ! Ce que je peux être bête, parfois !

Et elle s'éloigne, suivie d'Hervé et Nicolas, avec un petit signe de la main à l'attention de la bande. Ulrich, songeur, la regarde partir. Jeremy l'observe, et lui tapote l'épaule.

— Euh… Ulrich ?! Hé oh, la Terre appelle Ulrich ! Tu penses encore à ce qui s'est passé sur le pont ? Cette histoire que tu m'as racontée ?

Ulrich s'apprête à répondre lorsque Yumi, qui s'est approchée du groupe, se glisse à leurs côtés :

— Qu'est-ce qui s'est passé sur le pont ?

Les trois autres se dévisagent. Les mains sur les hanches, Yumi les dévisage, flanquée de Odd.

Aelita renchérit :

— C'est vrai ça… Qu'est-ce qui s'est passé sur le pont ?

Ulrich fusille Jeremy du regard.

— Rien du tout, lâche-t-il.

Yumi se tourne vers Odd pour en savoir plus.

— Odd ?

Le garçon se renfrogne. Pourquoi est-ce que tout le monde s'adresse à lui quand il est question d'apprendre un nouveau ragot ?

— Euh, je confirme, répond-il, se sentant légèrement rougir. Il ne s'est rien passé sur le pont.

Heureusement, la sonnerie de début des cours retentit, mettant un terme à son embarras. Jeremy referme son ordinateur portable.

— Allez… au travail, les enfants.

Les trois garçons s'éloignent. Yumi se tourne vers Aelita, les bras croisés sur la poitrine.

— Hum… Ça me semble louche tout ça… J'ai l'impression qu'on me cache quelque chose !

Aelita secoue la tête.

— Bah, oublie : c'est encore une de leurs histoires de garçons…

Yumi regarde devant elle.

Là-bas, sous les arcades, Ulrich vient de croiser Sissi. Galamment, il la laisse passer, un joli sourire en coin. Yumi fronce les sourcils d'un air soucieux. Qui sait ce que l'avenir nous réserve ?

FIN

Quel piège de X.A.N.A. Jeremy et ses amis devront-ils encore éviter ?

Pour le savoir, regarde vite la page suivante !

VITE ! UNE NOUVELLE TOUR DOIT ÊTRE DÉSACTIVÉE !

DANS RÉVÉLATIONS
LE 9E VOLUME DE LA SÉRIE CODE LYOKO

Jeremy a trouvé le moyen de déchiffrer le journal de Franz Hopper, et pour cela, il a besoin d'activer une tour sur Lyoko. Le groupe part donc en mission mais Odd agit bizarrement... Au lieu d'aider ses amis, il les attaque brusquement ! Si cet Odd-là est un spectre envoyé par X.A.N.A. comme le pensent ses copains, alors où est passé le véritable Odd ?

LES AS-TU TOUS LUS ?

RETROUVE TOUTE L'AVENTURE CYBERNÉTIQUE D'ODD, YUMI ET ULRICH DANS LES HISTOIRES PRÉCÉDENTES.

Code Lyoko 1 : Clap de fin

Code Lyoko 2 : Gravité zéro

Code Lyoko 3 : Code Terre

Code Lyoko 4 :
Faux départ

Code Lyoko 5 :
Nouvelle donne

Code Lyoko 6 :
Terre inconnue

Code Lyoko 7 :
Tentation

DE NOUVELLES RÉVÉLATIONS SUR WWW.CODELYOKO.COM !!!

Sauras-tu garder le secret ?

La Bibliothèque Verte t'offre la possibilité de découvrir de nouvelles révélations exclusives sur tes héros ! Pour cela, il suffit de venir sur le site officiel de la série www.codelyoko.com et de rentrer le code secret…

Attention ! Voici ton code secret : **CL2006H**

Lorsque tu es sur le site, inscris-toi au Club (c'est gratuit !), et tape ce code secret dans la section correspondante (le carré jaune en haut à droite de l'écran).

Puis, viens vite découvrir ce que tu as reçu dans la section « Mon album » !!

Alors à très bientôt sur le site
www.codelyoko.com !!

www.bibliothequeverte.com
Le site de tes héros préférés
LA BIBLIOTHÈQUE VERTE
TES SÉRIES PRÉFÉRÉES
CONCOURS
QUOI DE NEUF ?
L'ATELIER
LA BOUTIQU
BIBLIOTHÈQUE VERTE
LA BIBLIOTHÈQUE VERTE

TABLE

1 — Bombe, mode d'emploi 17

2 — Proviseur sous contrôle 23

3 — Alerte générale 29

4 — Ça va chauffer ! 37

5 — Interrogation orale 51

6 — Le tout pour le tout 67

7 — Talents cachés 77

8 — Mauvaises rencontres 85

9 — À la rescousse 93

10 — Ultime tentative 105

11 — Mémoire trop courte 115

« Pour l'éditeur, le principe est d'utiliser des papiers composés de fibres naturelles, renouvelables, recyclables et fabriquées à partir de bois issus de forêts qui adoptent un système d'aménagement durable. En outre, l'éditeur attend de ses fournisseurs de papier qu'ils s'inscrivent dans une démarche de certification environnementale reconnue. »

Imprimé en France par Jean Lamour – Groupe Qualibris
Dépôt légal : décembre 2007
20.07.1548.5/01– ISBN : 978-2-01-201548-7
Loi n° 49956 du 16 juillet 1949
sur les publications destinées à la jeunesse